KB075054

아낌없는 하루

강연옥 오한욱 부부시집

아낌없는 하루

시인의 말

새끼 꼬아 엮듯

서로 등 짚으며
한고비 넘어가고

가슴 껴안으며
한세상 엮어가는

느영나영 아리랑

── 강연옥, 오한욱

차 례

● 시인의 말

강연옥 시편

제1부

제2부

오한욱 시편

강연옥

詩篇

제1부

신의 언어

봄날 막 돋아난 잎사귀들이 윤지다

저 잎들은
나무가 허공에 써낸 말씀들
그 말씀 따라 부르는 새들의 지저귐

그대여, 밤새 젖은 날개 털고
초록의 심연에 도랑도랑 울리는 은종 소릴 들어보라
말씀들이 그윽해질 때 꽃이 피고
어둠이 돌아와 말씀들이 젖어 적막해질 때도
눈물겹도록 적막해질 때도
꽃향기는 바람 불어 가슴에 철썩이는 파도

그대여, 그런 나무 앞에서 우리 모두
한 마리 새가 되고 싶지 않겠나

유심惟心

허공이 벼랑에 기댄 건지
벼랑이 허공에 기대선 건지
기댄다는 말이 마음에 들어온 날 벼랑으로 서본다

발밑이 까마득한 벼랑으로 서보면
가슴에 칼바람 칠 때마다
나를 뿌리로 잡고 있는 것들이
나와 더불어 있는 것들이
내 몸 여기저기서 돋아나와 흔들린다
타박상의 자화상이다

늑골 깊숙한 바위틈마다 절규하는 바람 소리
풀숲 풀벌레 애잔한 소리에 귀를 열며
낭떠러지를 내려다보는 것은 나름
수없이 곤두박질하여 내리꽂히려는 마음속 저항이다

때론 벼랑으로 서본다는 것은
자신을 허공에 유배하여

자신을 지옥으로 만들어

마침내 자기 안의 천국을 알게 되는 거

바람이 뒤편에서 몰아칠 땐 벼랑의 가슴은 안온해

허공도 벼랑에 안기는 걸 알게 되는 거

오름에서

마음에 창窓이 많은 사람은
바라만 보아도 윤이 난다

봄날 오름에도 창이 여럿 생겼다
산자고 민들레 할미꽃들이 환하다

가을

창窓이란 다시 연다는 전제하에
안으로부터 닫기도 한다

나뭇잎이 하나둘 떨어지네

겨우내 빛을 모시고 안을 닦기 위해
나무가 창문을 닫고 있다

매화

저 연약한 꽃에 이빨이 있다면
먼저 무엇을 씹을까

이빨을 가졌다는 증거이듯
꽃이 한 움큼 바람을 씹을 때 향기가 짙다
꽃망울 속에 차곡차곡 응축된 겨울
고통도 잘근잘근 씹으면 향기롭다니
향기가 울음처럼 짙어진 꽃잎 위로
나비들은 팔랑팔랑 바람을 일으키고
생각이 마르도록 치근 같은 뿌리가 아파 계절이 아리다

서로 상처 없는 인연이란
참으로 어려운 일
꽃과 나비와 바람이 하나의 몸으로 오묘해지는 순간
봄이 열리고
더러는 시들며 땅에 떨어지는 꽃잎들
며칠이고 더 아프리

누군가의 손에 쉽게 꺾이던 꽃이

이빨을 가졌다는 상상만으로도 상큼한 하루

턱을 괴고 앉아 나는 생각을 씹고 있다

숙명에 대하여

　오래도록 씨방에 갇혀 있던 씨앗, 멀리 날아가더니 바다로 떨어졌네, 어딜 가든 꽃을 피울 수 있다는 희망으로 며칠이고 둥둥 바다 위를 떠다녔네, 흙이 무엇인지 바다가 무엇인지 알 수가 없었네, 닿는 것마다 세상 처음이니까, 자신을 부리는 것만으로도 버겁다며 그럭저럭 물결 따라 흘렀네

　흔들리며 반짝이는 모든 것을 사랑이라 생각했네, 해초가 푸르러 바위섬에 손을 내밀었을 때 미끄러지는 마음, 그리하여 외로웠네, 늘 출렁이는 바닥, 사랑도 위안이 되지 못한 현기증이 일었네, 가도 가도 희망은 부풀었다 꺼지는 물거품, 잠깐 꽃이 피었다 지는 꿈이라고 생각했네

　단단하지 않은 바다, 물컹거리는 슬픔이 파도로 일어서는 바다, 가꾸고 싶은 바다, 가꾸어지지 않는 바다, 폭풍우를 만나도 눈보라가 내려도 피할 곳이 없네, 우산도 집도 의미 없고, 바다에서 산다는 건 무조건 떠 있어야 한다는 거, 슬피 울어도 그보다 더 짠 바다, 눈물이어도 눈물이 되

지 않는 바다

　손 없이 발 없이 단단한 마음으로 떠다니다, 석양이 비린
내로 가라앉은 밤, 가슴속에 노을 닮은 꽃봉오리 허락하리,
태양 속에 심으로 박혀 꽃피우고 아침이 되리라, 해가 질
때마다 꽃은 피어난다는 걸, 사람들은 모를지라도

바람 부는 날

사소한 것에 다쳐 마음에 바람 부는 날
감나무 아래 서니 잎사귀 비비는 소리 크다

잎사귀에 걸린 바람 소린가
포르르 어린 잎 하나 떨어질 때 알았다
위태위태 감꽃 떨어질세라
갇힌 바람 건네주려 잎사귀가 통로를 열었다는 것을

새끼 누 한 마리 악어에게 물리는 동안
마라 강을 무사히 건너가는 누 떼
우두커니 바라만 보는 어미 그 젖은 눈동자
어찌 나무라고 아프지 않으랴
어린 잎사귀 허공에서 팔랑거리며 떨어질 때
뿌리에서 울컥 물이 오르지 않았겠는가
산다는 것은 구원의 행진인가

내 깊은 곳에도 나무가 자라나 보다
불어서 아프기보다 갇히어 아픈 바람

여린 마음 하나가 흔들리고 있다

집과 무덤

가지에 매달려 있는 동안 나뭇잎은
허공을 걷고 있는 거야
땅에 내려앉았을 때 비로소
집에 도착한 거지

그러고 보면 어느 시인의 시처럼
비어 있는 집은 무덤에 가깝다*면
겨울 동안 잎 떨어진 나무가 무덤이 되는 걸까

낙엽이 거미줄에 걸려 파닥거린다
나뭇가지에 매달린 듯
아직은 살아서 걷고 있다는 듯
중앙에 다리를 쫙 펴고 자리한 붉은 거미가
가히 위협적이다
죽음을 깨우기 전의 공포
지나는 사람들의 눈동자가 거미줄에 대롱대롱 걸린다

어쩌면 공포는 삶의 방부제라

집으로 돌아가기까진 낙엽은 썩지 못하고

영혼은 발효되지 못하네

거센 바람이 필요한 시월 어느 날!

* 박주택, 「여기가 집입니까?」

곶자왈
— 때죽나무

하필 바위틈에 씨앗이 내리다니
그래도 살아내야 했겠지
오래도록 길어진 뿌리가 바위를 감싸 안았다
바위 위에 얹어진 세월의 힘
그대로 집 한 채다

곶자왈에선 바람이라도 너를 쓰러뜨릴 수 없다
힘겹게 서 있는 것들에겐 중심의 내력이 있어
잎사귀 흔들렸던 자리마다
조랑조랑 죽을힘 다해 흔들었을 종꽃들

사는 게 견디는 것이라는 사람들
그런 사람에게 다가가 밤으로 내리고 싶다
밤이란 어둠이 나무 옆구리로 내려와
나무의 요가 되는 시간
나무를 편히 누이고 뼈들을 맞추는 시간

뿌리에 가만히 손을 얹어 본다

개민들레

그 누구의 발에 밟혔어도
기어코 일어서서 살아온 듯
길게 휘어진 줄기
땅에 닿을 듯 닿을 듯하면서도
하늘로 고개를 드는 개민들레꽃
사람들은 퇴치 불능의 잡초라지만
그 모습이 참으로 기특하다
휘몰아치는 바람에 허리는 굽힐지언정
죽기 전엔 무릎만은 절대 꿇지 않는
이름도 서러운 사람들
지천으로 가득하다

곶자왈
— 목감기

멀리서부터 숲을 지우며

생각이 길을 잃은 숲과 같아

흐르지 못하고 주저앉아 흐느낀다

그럴 땐 꼭 몸살을 동반하였다

날 선 공기들이 스며들어

호흡을 할 때마다 숨골이 아프다

고행은 한 움큼씩 끓어올라

뱉지 않아도 저절로 뱉어내는 가래

태고의 지층에서 뿜어 오른 용암처럼 뜨거움은

인간의 손길로는 도저히 분지를 수 없는 황폐함으로

나무를 태우고 바위를 삼키는

아, 불나방 같은 허망함이여

나는 어디에다 두 발을 디딜 것인가

흘러 흘러 바닷가에 다다라

가시로 박혀서야 열을 식힌다

바닷가 현무암을 바라보면

달려가 맨발로 밟고 싶은

내 몸의 바닥에서 일어나는 불의 힘

가을에

이별과 만남의 매듭으로 세상은 나아가고
세상일이란 매듭이 길어질수록 쓸쓸하고 아프네
나무와 이별하는 저 낙엽들
처음 세상에 왔던 핏덩이
그 표정 돌려주듯 그리 붉더니 낙엽 지네
용서의 눈물처럼 낙엽 지네
하늘로만 향하던 그간 세월에 무릎 꿇고
땅에 머릴 조아리네
청춘을 힘겹게 통과해온 나무의 생애이듯
구멍이 송송한 낙엽
바스러지며 이제 바닥이 되려 하네
가난한 땅에 심장으로 스며들어
시간으로 마음을 덮고 있네

손바닥 선인장

젖을 세월 단단히 품은 가슴, 보신 적 있나요, 가슴에서 살을 헤집고 돋아난 가시, 보신 적이 있나요, 월령리 바닷가에 가보세요, 현무암에 자리한 선인장, 바위를 들어 올릴 기세로 파도가 몰아쳐도 흔들림이 없네요

먼 옛날 파도에 실려 들어 보금자리로 앉기까지 나이는 바람처럼 매일매일 불어와, 가슴속으로 파고들었지요, 그때마다 가시를 세워 바람을 할퀴었지요, 아무리 할퀴어도 불어오는 바람, 가시를 훈장처럼 키우며 하늘을 받드는, 그게 대단한 삶이라 생각했어요

가시가 굵어지며 찢어도 찢기지 않는 허공, 수평선에서 수없이 사라지는 태양의 영광 오래도록 바라보며, 흔들리지 않으려 가슴에 바다를 넓히네요, 가시를 키운 게 죄여서

섭지코지

새벽 3시 바람이 몹시도 불어 잠이 깼다
온몸의 창이 흔들렸나 보다
무슨 일이 있는지
어디 아프진 않은지
가끔은 나도 나에게 안부를 물어야겠다
창문을 닫고 몸속으로 걸어간다
바람이 흐르지 못하고 굳은 살점
바위가 되었네
관절마다 파도 소리가 들린다
걷다 보면 긴 한숨이 살결마다 박혀
마음보다 몸이 한 발짝 앞서나간 곳
파도가 거칠다
계절은 봄으로 돌아와 유채꽃 만발한데
바다를 껴안은 몸이 저리다

섶섬 · 1

어찌 섬은 바다에만 떠 있다고 할 수 있나

주먹을 꽉 쥐면

손도 세상에 떠 있는 섬인 것을

어찌 섬에만 파도가 부서지랴

손아귀 꽉 쥐는 힘으로

가슴에도 파도가 치는 것을

수천 번 손마디를 꺾고서 가슴에 웅크려 앉은 섬

주먹을 펴지 못한 채 바다에 안긴 섬

일생 어머니 손이 그러하였다

눈물과 한숨 오므린 손바닥 바다에 묻고

손등이 거친 언덕이어도

나무에게는 늘 편편한 바닥이 되어주었다

파도가 벼랑 옆구리를 칠 때마다

구실잣밤나무, 후박나무가 웅골졌다

세상 아름답지 않은 섬 없듯

세상 손들이 거룩하다
날치가 지느러미에 햇살을 말아 올리자
파초일엽이 막 손끝을 펴기 시작한다

섶섬 · 2

어느 날 바다로 빠진 별
죽자 해도 그 몸에 파래 같은 생명이 붙어
파도가 친다
오래도록 고립을 매만지는 별
울음을 터트릴 줄 알아 파도 소리 시원하다
짠물에 절여 사랑도 쭈그러들고
물결이 바다의 등고선을 바꿀 때마다
속된 사랑만 남아 물거품을 낳는다
바다로 흔들리고 바다로 몸을 세우는 별
밤마다 정방폭포로 흘러내린 별들이
섬 뿌리로 자라, 잘 자라
밤 깊은 내 바다에 기도로 두 손 모은 별
별이라 부르는 섬
그대입니다

섬을 바라보며

백지 위에 찍힌 점
여백의 힘으로 앉아 있다
여백이란 아직 드러나지 않은 그림처럼
무한한 가능성의 바닥

그 점이 별빛으로 반짝거리면
바다는 '어린 왕자'의 아름답고 슬픈 사막

밤새 어디선가 바람이 불어와 모래를 쓸어가면
별은 하나의 섬으로 내려앉아
바다는 섬을 받치는 또 다른 여백이 되네

살면서 그렸다가 사라지고
사라졌다 그리는 여백
오늘은 작은 섬 하나
바다에 포근히 안겨 있다

여

어디 4월뿐이랴

바다가 평생 파도치는 것은
여를 품고 있어서다
아직도 제 이름 돌려받지 못한 별들이
나 여기 있다고 몸을 휘젓고 있다

썰물 지는 날 보아라
바다 위로 옹골지게 일어서는 멍울들
별빛이 별이 뿜어내는 아픔이듯
가슴에 파랗게 돋은 파래의 절규가 빛난다
짜기에 곪지 않는 살점과
바직거려 부러지지 않는 기억들
그 등허리에 가끔 갈매기 날아들어 쉬는 날도 있다

바다를 끌어안은 별들이여
하늘로 돌아가지 못한 별들이여
수많은 우리들의 그대들이여!

수심 속에서도 태양은 뜨고 지느니

내 몸에도 바다를 들여놓으려니

썰물 지는 날 가끔 서로 안부나 물어보자

제2부

씨앗

오래도록 비가 오지 않아
아무 일도 일어나지 않았다
그것은 희망을 품은 단단한 절망
너와 나의 마음이 본디 그러려니
사랑을 심는 일이란
어둠 속에 최초의 거처를 세워
서로 눈물이 되어주는 거
딱딱한 껍질 무르도록
따스한 눈물이 되어주는 거
햇살이 심장을 지나면
마침내 절망을 어둠에 바치고
땅의 언어로 싹이 트는 거
말하고 싶다
절망하는 이여, 서글픔에 젖어보라고
절망이 썩어 문드러지도록 서글프라고
오늘은 그대의 사랑 같은 비가
부디 왔으면 싶다

매실나무

세월을 죽도록 견뎌낸 듯
등 휘어진 어머니
봄이 되면 부러질 듯 앙상한 가지에
어김없이 꽃이 피고 잎사귀가 돋아나네

땅과 몸뚱이와 허공이 쇠사슬로 묶인 인연
세상에 유배하여 고문받듯
땅속에 흐르는 무수한 신음과 통곡
뿌리에 다다라 갈라지고 찢어진 세월이라네

비가 내리면 온몸으로 감사히 받으며
눈은 점점 어두워져 더듬거려도
기어코 허공으로 열매를 따스하게 키워내는
아! 비루하고도 숭고한 몸뚱이

구름사다리

유난히 햇볕 따스한 겨울
한울누리공원에 구름사다리 하나 생겼네
한평생 내뱉었던 한숨
뭉글뭉글 구름으로 피어나고
한 걸음 한 걸음 마음을 빚은 듯
구름다리 엮으셨네
비루한 삶도 꽃같이 단장하고
힘겹게 부여잡았던 굳어진 손바닥도 펼치고
어머니, 이생에서 저생으로 가벼이 건너셨네
비로소 삶을 완성하셨네
이제는 뼈아프지 않아 좋겠네
이제는 맘 아프지 않아 좋겠네

음력 구월

— 授衣

가을, 대지는 한창 수혈 중이다

연로한 어머니가, 이제는 걸음도 잊은 어머니가
용돈이 생기자 당신 수의壽衣 값이라며
내 손에 꼭 쥐어 준다
자식의 가슴에 스며드는 따스한 핏물!
어머니 손 타는 밥, 그만 먹어도 될 나이건만
끝끝내 내 목구멍은 어머니의 성전
잡은 손 놓을 때 서러움이 뭉클 소용돌이친다

겨울 동안 대지가 먹고 입고 지낼 옷가지와 양식들
산 것들에게 힘 모으려 잎사귀 떨어지고
마른 낙엽 바서지는 소리가 이리
처참히 아름다울 수 없다
밥 한 덩이 정성 풀어놓듯 대지로 스며드는 핏물
까맣게 흙이 되어
봄은 늘 예사롭지 않게 깨어났다

하늘과 나무와 땅은 피붙이어서

책갈피

책갈피는 추억의 창문

언젠가 접어둔 사랑
부디 잊지 말라고 날개 접은
나비 한 마리
마음에 책갈피를 끼운다는 건
언제고 펼쳐볼 수 있다는 희망입니다

그리움이 낮게 내려 흐린 날
창문을 활짝 열자
석양나비 날개 파닥이듯 낙엽이 흩날립니다
오래도록 열어보지 않아 바래진 기억
메마른 추억도 반짝일 수 있다니요

가까이 낙엽 하나 살포시 내려서고 있습니다
고통을 놓아주고 추억이 되는 자리
그 자리에 언제고 접고 열 수 있는 창이 있어
지는 낙엽이 그리 슬프지 않습니다

사랑하게 되면 · 1

새를 구름으로 말한다면
구름의 날개는 바람이다

바람을 타고 날아가다
날아가다 마음 무거워
어느 나뭇가지에 내려앉으면
그때 비가 내리는 거지

구름을 나무로 말한다면
땅에 묶인 세월이다

바람에 밀려 새처럼 날아가도
날아가도 마음 고달픈 날
어느 뿌리를 적시며 내려앉는 마음

나를 너로 말하는 마음!

사랑하게 되면 · 2

좀처럼 수평이 되기 힘든 시소
너와 나
시소 끝에 마주 보며 앉았을 때
우린 공중을 향해 바닥을 박찰 준비가 돼 있었네
나를 낮추고 너를 받들 듯 시소 끝을 누르면
덜컹거리며 깨어나는 영혼
넌 허공에 창을 열어 바람을 맞이하네
밍밍한 사랑은 재미가 없어
고통이 희망의 디딤돌인 양 네가 땅에 발을 디딜 때
난 바람을 깊이 들이고
돛을 활짝 부풀린 배처럼 파도를 가르네
너와 나 사이
이제야 진정 가슴을 가진 듯
중심에 섬 하나 앉아 있어
오르락내리락 긴장이 되어도 즐거운 바람

종꽃과 바람

푸르스름한 꽃봉오리

종꽃이 산통하는 여인의 표정으로

꽃을 피우고 있습니다

오늘따라 바람이 빠르게 달려갑니다

헐레벌떡 뛰어가느라 토끼풀이 들판 가득 놀랍니다

언제면 저 조여 맨 목이 풀리려나

바람은 추녀 끝 풍경을 치듯

몇 번이고 달려가 꽃봉오리를 흔들곤 했습니다

뒤틀리며 한 장 한 장 몸을 찢고 나오는 목소리

마음을 깨우며 나오는 향기가 짠합니다

고통 없이 피는 삶 없다고

한 수 가르쳐주는 종소리

바람은 허공의 물결 같아 종소리 받아 안아

멀리멀리 흘러갑니다

너의 미소를 바라볼 때

봄날, 와르르 핀 꽃을 보라
홍매화, 죽단화, 자목련
꽃이 피기까지 삶이 그렇듯 한계는
온전히 혼자 꽃 피울 수 없단 거야

꽃나무라고 다 꽃 피우지 않아
우리가 모르는 사이에도
땅은 하늘의 시간을 붙들려고
두 손 모아 비를 부르고
눈보라에 할퀴어 덜컹거리는 마음
뼈아프도록 흔들리다 뿌리로 멈춰 서고
별 가득한 밤 외롭다 해도
아침이면 햇살을 당기어 마음을 보듬었네

조금씩 꽃봉오리에 심어놓은 하늘
땅의 심장이 몰래몰래 뛰다
벅차게 뛰다 터져버릴 때
그때 꽃들이 활짝 피어나는 거야

비로소 땅이 온통 하늘이 되는 순간이지

하늘에 꽃향기가 날고 나비가 날고
나도 하늘을 걸어가듯 그런 기분!

부부

불쑥불쑥 일어서는 땅바닥을 밟으며
서로 굽 높이를 맞추며 닳아온 세월
앞서거니 뒤서거니 걷다 보면
어느덧 발길이 끝나는 곳에 다다라
어느 한쪽이 먼저 닳아도
함께 버려지는 신발처럼

아낌없는 하루

늙은 밤나무 타고 오른 마삭줄이

수만 송이 꽃을 피웠네

나무 기둥을 휘감아 오른 저 힘줄로

쇠약한 밤나무를 일으켜 세웠네

꽃이 피어 있는 동안 사랑을 하리

내 새끼 품어 키우듯

그 향기 짙어질 때 사랑도 깊어

꽃잎 떨어진 자리마다

밤의 모서리를 깎으며 내려앉는 별빛

꽃은 너무도 짧아

피어 있는 동안 절박함이여

와르르 꽃 피듯 한꺼번에 쏟아진 사랑이여

그 사랑에 목 감기어 숨 못 쉬어도

날개를 펴는 밤의 맥박 소리 들릴 때

어둠에 결박된 별들이 꽃잎을 펼치네

6월 이야기

　열매도 잎사귀도 초록인 유월, 처음 찾아간 만경평야도 온통 초록이다, 논두렁에 쪼그리고 앉아 벼를 자세히 바라보면, 어린 벼들이 저들끼리 장난하며 비벼대는 웃음소리가 바람에 실려 반대편 논두렁까지 굴러가고, 가끔 백로가 앉았다가 날아가듯 그의 얼굴에 미소가 빛난다

　그는 나와 동행한 오 시인에게 2인승 차인지라 짐칸에 앉아야겠다며 몇 번이나 미안하다고 하고서는, 맛있는 비빔밥을 대접한다며 황등에 진미식당으로 차를 몬다, 차가 과속방지턱을 지날 때마다 자연스럽게 나오는 그의 "아이쿠" 소리에 나는, 오 시인의 엉덩이 걱정 때문이리라고 속으로 웃음이 나오면서도, 그의 시 「덜컹거리는 사과나무」가 생각났다, "괜찮지? 괜찮지?" 하는 환청에 나는 고개를 끄덕이면서, 그가 앞을 보아도 '옆모습'을 볼 수 있으리라는 짐작으로 그의 시처럼 옆구리를 찔러 본다

　맛있다는 오 시인의 감탄에 이마에 흐르는 땀을 닦으며 덩달아 불러오는 그 마음, 어느 세월에 묶였었는지 어디에

서 말랐는지 알 수 없는, 산채 나물들이 풀어놓은 산골 이
야기를 부드러운 인정으로 버무린 비빔밥 같은, 들판에 어
린 벼가 잘 자라는 유월

수국꽃 질 때

색 바랜 사랑처럼
시들고도 오래도록 달려 있는 수국꽃을 보았네

제 몸 허물 듯 말라갈 때
더욱 짙어지는 향기
몸속에 잠긴 슬픔 한 움큼 짤 때마다
내게로 젖어 들도록
난 바람처럼 마음 펼쳐 보였네
향기 벗는 동안 네 빛깔은 구름빛 노을빛

오래전 사랑이 가슴에서 바래지듯
시들고도 오래도록 달려 있는 수국꽃을 보았네

이젠 빛깔도 향기도 내려놓은 목마름이여
난 네게 바짝 다가서지 못하네
발꿈치 딛는 소리 번져 꽃잎 바스러질까 봐
네 뼈를 부수는 것 같아
먼 옛날 물소리 들리는 사랑처럼 물국화여!

내게로 젖어 들도록 멀리서

난 빗물처럼 마음만 펼쳐 보이네

보석비

빗방울이 바닥에 닿을 때마다 반짝인다
갓 태어난 별 가까이 가스구름엔
페리도트 보석이 있다는데, 여기로 내려오는가
까마득한 별 이야기 안고 와서 풀어놓나
빗소리가 아낌없다
언제가 흘렸던 눈물이 가슴골에 고여 아픈 날
머리를 가슴에 묻으면 혜성처럼 쏟아지는
어느 별의 깨끗한 마음
비 그친 후 보라
연초록 잎사귀에 달린 물방울들
그 마음 받아 안기보다 돌려주기 위해
햇살로 말을 해야겠지요
가슴골 눈물이 마르도록 햇살로 말을 해야겠지요

겨울나무

내 몸에서 네 마음을 여는 나무

겨우내 수없이 꽃눈들이 달려

나를 지켜보았네

무척이나 아팠던 것은 정작 그때였어

두려움에 짓눌린 내 마음의 후미진 곳

숲을 지우는 눈보라에 묻혔을 때

뿌리 아리도록 깊숙이 통증이 일었네

꽃눈들, 저 깊고도 단단한 고요

굴레이듯 시린 계절을 껴안고서야 한생을 건너는

얼음이 풀리도록 등으로 햇살을 받아

가슴으로 잎을 여네

바람을 만지는 잎사귀

호흡이 푸르다

머지않아 꽃눈들이 활짝 열릴 때

내 몸에서 봄을 여는 나무

너로 인해 내가 봄이 되는 나무

오한욱

詩篇

제1부

입

어머니가 된장에 무쳐낸 뽕잎 순을 먹어보라 하신다

누에처럼 무언가를 뽑아낼 요량으로 오물거리는 내 입
기어가지만 제자리걸음이다
어릴 적 오돌개로 검붉게 범벅이 되던 입
지난 오십 년의 내 그림자를
명주실처럼 가늘게 뽑아내고 있다

할머니는 안방에 누에섶을 모셔놓고 누에를 기르셨다

수만 마리 저 작은 입들이 빚어내는 파도 소리는
섬들을 만들어내고
늙은 손이 섬들을 집어 이리저리 옮긴다
입으로 들어와 몸속에 박히는 섬들

제 몸을 고치 속에 말아 넣은 할머니
영원히 입을 다물고 섬들을 게워냈다

초겨울

찬 바람이 텅 빈 구들장 밑을 헤집고 다니면 겨울이 왔음을 알려주는 게다

한때는 뜨거웠던 사랑을 이제 다시 지피려는 맹세가 차가운 호흡으로 찾아오는 게다

온돌도 제 역할을 원 없이 해보고픈 이 어설픈 시절

눈을 감고 등 지지며 맞이할
온몸의 나른함 속에 하마 봄이 온 듯하다

세상 발길들이

산을 오르던 등산객의 발길도
바닷가를 슬렁슬렁 거닐던 늙은 부부의 정담도
비를 맞으려 밖에 내놓았던 화분도
골목에 달라붙던 아이들 발길도
평화식품 앞에 모여 있던 아낙들 수다도
집으로 간다

이 세상 모든 발길이 집으로 간다
텃밭 토마토 익으며 땅으로 수그리는 이유이듯

소나기

방에 앉아 마당을 바라본다 소나기가 마루 밑까지 치고
온다
이런 날에는 사랑하고 싶다

나무 둥지를 적시는 하늘의 몸과 땅 위 생명의 몸속에서
솟구치는 봇물이 만난다, 성하게 급히 내리다 이내 성길 듯
사라지는 미욱한 욕망, 내렸다 멎었다 하는 반복운동, 모란
잎을 사정없이 내리꽂는다, 얼마 못 가 사그라질 욕망의 파
문, 물멀미가 난다

들이치는 빗소리 따라 하늘이 소리를 하면, 땅이 받아 내
고, 꽃잎은 추임새를 붙인다. 우주가 서로 소리를 먹이며
몸을 떤다, 다양한 체위로 서로 엉겨 있는 모란

잠시 쉬며 몸의 호흡이 어느 우주에서 온 파문인지 느껴
보기도 하고, 그러나 굳이 비를 맞으며 사랑을 해보기로 하
는 이유가 무엇인지 따져보려 하지는 않는다

비 오는 날에는 사랑하고 싶다

찢기고 얻어맞고 파이는 상하좌우 운동으로 이리저리 뒤
척뒤척 사랑하고 싶다

가마솥

낙엽 지면 허망하다 한다

푸른 잎일 때의 모습 아니라 해서

서글프다 하고 안타깝다 한다

남아 있는 것들 위해 스스로 돌아가는 것뿐이니

서러운 발길은 더욱 아니라 한다

기쁘게 머리 처박고 후회 없이 떠난다 한다

다를 게 하나 없는 일인데

모습이 달라진다고 속마저 변할까

담을 넘나드는 감나무 그림자

빈 들녘 바라보는 눈동자

장독 위에 홀로 기도하는 정화수 그릇

햇살이 따사로워 가슴이 아려온다

윗목 아랫목 데우고 굴뚝으로 빠져나가는 야윈 연기

장작더미 삼킨 아궁이 검은 연기만 하늘로 오르네

대청마루에서 먼 산 바라보던 기억만 숨겨두고

길 떠날 채비를 서두른다

자식들 먹여 살리느라

맛있는 줄 알고 먹다 보니 나이만 먹었네, 웃으며

가마솥 같은 입 벌리고 군불 지피는 엄니

침목枕木

한곳을 향해 달리는 두 발길의 평행선이
맞닿을 땅이 곧 있을 거라는 소망을
잠자면서까지 간직하려 오늘도 두 눈 꼭 감고
기차의 무게를 받아들이는
합장한 손들

그런 줄 알았더니 되레
평행이 어긋나지 않도록 어떻게든
균형을 유지하려는
못 박힌 손들

숭늉

관촉사에서 탑정호수로 가는 길목, 어느 식당으로 들어섰다. 음식을 주문하고 뭘 끼적거리고 있는 나를 봤는지 식당 처자가 "시 쓰는 갑네, 시인이셔?"라고 오라지게 반말지거리를 낚싯밥 던지듯 건네는데, 꼭 은진미륵 옆구리 터지는 소리 같았다

툭툭 열댓 가지 반찬을 식탁에 내려놓고 돌솥밥은 인심 크게 쓰듯 상 가운데 묵직하게 앉힌다. 참 거시기하게 생겨먹은 이 처자, "빈 공기에 밥을 먼저 덜어놓고 돌솥에 물을 넣어 나중에 숭늉으로 먹어봐" 내뱉는데, 허, 반말을 저리 편하게 하는 것이 부럽기도 한 나는 생각해 보건대

돌솥 바닥에 눌어붙은 누룽지, 타버린 밑바닥의 삶도 물에 풀어지면 구수해지는 걸, 눈물 속에 숨은 어머니 손맛 같은, 철없게도 속 편한 저 처자는 알고 있었던 걸까. 돌솥에 밥이 찼다 비워지듯, 꼭 그 처자만큼의 반말투로

내 詩도 은진미륵 갓 찢어지는 소리가 되지 않을는지

맷돌

지그시 얹어놓았지

내 몸을 갈아내어

너에게 조금씩 넘겨주려

몸은 몸끼리

마음은 마음끼리

돌돌돌 삭삭삭

윗니가 아랫니에 말을 걸듯

늘 어긋나며 비껴가도

제 모습 다듬으며 돌아가는

저 가슴 둥근 앉은뱅이 되고 싶어

나무들의 호흡처럼

나무들이 호흡을 고르자
산이 이내 안개에 휩싸인다
서로 부대끼는 뿌리의 소리와 줄기의 몸짓
떨리는 잎의 언어로 입맞춤하는 그사이
계절은 늘 때맞추어 몸을 비벼대다 사라진다
이제 내려놓는 가쁜 호흡, 생각건대
때론 그런 호흡이 필요한 일
당신과 나 사이에도

바싹 속았슈

우리 엄니가 부잣집이라고 꼬드겨서 달랑 몸뚱어리 추슬러서 시집 가보니께, 논 여섯 마지기 하고 자갈밭 밖에 읎는디, 시부모에 되련님하고 시누까지 여섯인디, 낮에는 해 뜨기 바쁘게 새 빠지게 일하고 저녁이라고 돌아오면 가족들 챙기느라고, 아 밤이면 푹 쉬어야 하는디, 또 서방하고 그 짓도 해야 것고, 시집살이가 하도 험해서 내 꾹 참고 낸중에 빚 갚아주려구 했드니, 웬수 갚기도 전에 시부모 죽고, 사랑 좀 받으면서 살아볼 만하니께 갑자기 서방 죽고, 자석놈들 효도 받고 해외 구경도 하믄서 호강 받고 살려고 하니께, 달랑 병원 신세지 뭐여. 가만히 생각해 보믄, 내가 엄니한티 속고, 서방한티도 속구, 결국 인생한티도 속은 겨, 글씨 바싹 속은 겨, 속았슈~, 인자 이러다 저승사자한티 속을 일만 남은 겨~, 뭐~

슬쩍 웃던 사람들 떠나고 공주公州 할머니의 푸념 소리만 병원 휴게실에 애살포오시 가라앉는다

이런 사랑은

질기 굳은 깃봉은 여전한데
갈수록 살점이 무디어지는 깃발
저 삭아지는 육신을 바람이 털어주면
허공에 날리는 햇살 비늘들

그것은 몸과 몸이 부딪혀 난 상처
그것은 마음과 마음이 접질린 흔적
몸과 맘이 부대끼며 서로를 느리게
삭히어 가는 것이 저 깃발의 일인지라

한 몸이 한 몸을 붙들고 있다는 게
얼마나 어려운 일인지 깃발은 아는지요

의자

그가 누구라도
그가 언제 오더라도
그가 아무리 눌러앉아도

늘 밑에서
아무 일도 없었던 듯
눌리면 더 치솟은 애정으로
눌리면 더 받쳐주는 사랑으로

늘 아래에 숨어
스스로 드러냄이 없이
제 한 몸 맡기는 사랑으로
세상이 모두 밑으로만 내려올 때
늘 치솟는 뚝심으로

더딘 사랑

장맛비가 창을 두드린다. 내 마음 안에서 무디어진 세포들이 다시 살아난다. 타클라마칸, 낯설다. 가본 적이 없는, 단어의 낯섦만큼 거리가 먼 그곳이 떠오른다 누구든 발을 들여놓으면 죽어서도 벗어날 수 없다는, 죽음마저도 삼키는 이 거대한 모래 공간 속에서 시간은 부서져 흔적이 없다

신기하지요. 이 죽음의 공간이 움직인다 하지요. 일 년에 겨우 10센티씩만 움직인다지요. 낮에는 덥고 밤에는 무척 추운 공간이 나름대로 사지를 뻗어 일 년에 겨우 10센티씩만 남쪽으로, 태양이 더 뜨거운 남쪽으로 내려가, 더 큰 모래 공간이 되고야 말리라는 무지한 의지인지 모르지요. 스스로 학대하려는지도 모르지요

그대에게 나도 그리하렵니다. 그대 공간으로 일 년에 딱 10센티씩만 다가가렵니다. 그저 10센티씩의 공간이 좁아지기를 원하지는 않습니다. 공간과 공간의 사이가 좁혀지길 원치는 않지요. 이유 없이 그저 일 년에 10센티씩만 그대에게 다가가려 합니다. 더딘 움직임으로, 모래 공간이 남

으로 가듯, 나 또한 그대에게 갈 수 있겠지요?

사랑치레도롱뇽

어두운 동굴 속에서만 살아가는 꼬리치레도롱뇽은
몸통보다 필요 없이 긴 꼬리를 주체할 수 없는 듯
헤엄치는 모양이 우습기도 하다만 나는

당신의 동굴 속에서 주체할 수 없이 긴 사랑이
죽음 뒤에도 붙어 있는 사랑치레도롱뇽으로 살고 싶다

인연

이승의 인연으로
부부로 살다 갔는가
관음사 입구 두 무덤이
나란히 볕을 쬐고 있다
세월의 무게로 봉분은
스스로 낮아졌어도
둘 사이 사랑은 그대로인가
지독히도 사랑했을까
잦은 부부싸움에 지쳐 했을까
삶의 회한 훌훌 털어 버리고
두 사람 누워 무슨 정담 나눌까
비석은 검게 변하고
비문은 사라졌어도
자손이 심어 키운
백일홍 두 그루
전생의 추억을 간직한 채
키우던 개처럼 나란히 앉아
하늘바라기하고 있다

문짝
— 어느 노부부

내외간에도 죽이 맞아야 살맛이 나는 겨~

저 여편네는 미련하기가 곰투가리 같아서 원~

혀 차는 노인의 무릎 옆에서 나직하게

목침이 박자를 맞추는 사이

그 여편네 혼자서 중얼중얼 사설을 읊어대는디

꼭 놀부 심술보 대목을 듣는 듯 하는디

아귀가 안 맞으니 문짝이 남아나겠어~

진작에 갈라서야 했는디 왜 못했는지 몰러~, 글씨

하며 육자배기를 늘어놓는디

하릴없어 빠져나오던 연기도

굴뚝 속으로 슬그머니 도로 기어들어 가더구먼 그려~

파도

술 한 잔 걸치는 날
큰 소리로 잔소리만 늘어놓는
주정뱅이 아버지

바위 뒤편 자잘한 모래들
숨죽이고 웅크린 채
아프도록 가슴이 부서지네

물그림자

흐르는 물에도 그림자 진다
물끄러미 제 그림자 바라보는 물
스스로 그림자 되어 논다

외로움 달래며 놀기 위해
가슴속 아픔 잊기 위해
홀로 있기 싫어서가 아니다

물은 그림자다
조용히 나를 감싸 안고 있는
어머니 품속이다

다 비운 채 남아 있으니
하늘이 자기 모습을 풀어놓아 흐르게 한다

하늘이 가슴앓이 하나 보다
빛이 가슴앓이 하나 보다
바람이 가슴앓이 하나 보다

자기 몸에 그림자를 새겨 넣은 물
그저 다 비운 채 있다 보니
그림자진다

아, 사랑인가

제2부

가거도

항구로 돌아가는 배를 바라본다

조그맣게 떠 있는 어머니의 마음 한 덩이

몸의 반은 물속에

마음의 반은 하늘 속에

문지방을 넘나들 듯

섬 하나 다가와 들어앉는다

박쥐

밤의 석주石柱 사이를 자유롭게 나는 귀들. 낮은 목소리를 내는 물방울이 천정에서 떨어지며 이명耳鳴을 키운다

움직이는 종유석이다. 수천수만 년을 호흡하며 붙박인 자리에서 거꾸로 자신을 바라보며 서 있다. 동굴은 꿈의 공간. 빛도 바람도 없는 곳에서 눈은 퇴화했으나 귀는 늘 열려 있다. 어둠은 어둠 속에서 귀를 키우며 동굴 밖의 세상을 감지한다

소리만이 하늘과 땅을 나는 공간이다. 푸르지 않고, 검다. 동굴에서 벗어나지 못하는 날짐승의 울음이 귀 언저리에 맴돌고 있다. 어둠은 꿈을 주는 듯. 언젠가 동굴 속으로 피신한 세상 밖 소리가 백골로 누워 있고 그들의 사연으로 진화하는 귀

귀가 제 귀에 대고 속삭인다. 빛이 불어오는 소리를 차갑게 들어보려는 듯

이른 봄

　처마가 먼 산 바라보다 눈부신 듯 이마를 찌푸리는 사이, 문지방은 가로누운 채 졸고

　살구나무는 슬그머니 일어나 새소리를 제 몸속 틈마다 골차게 담고 있네

　참새 걸음으로 햇볕 따라 콩콩 굴러가던 바람이 마당 안으로 숨어들더니 싸리울 가에 곰보배추 싹을 밀어낼 때, 글쎄! 나는

　세상 드러내는 첫 몸을 두 눈으로 고스란히 받아내고 있었네

능가사楞伽寺의 가을

　법당이 하늘에 매달려 있을 때, 그 옆에 어설프게 매달린 감들이 산새들 기다리다 지쳐 목을 떨굴 때, 아 그때, 감만큼 큰 조각구름 몇몇이 거미줄에 걸려 버둥대던 세월처럼 감나무 꼭대기에서 떠나지 못할 때

　부처의 걸음걸이로 스스스 쓸려가던 떡갈나무 잎들이, 저 감나무 껍질 속으로 파고들던 풍경 소리 따라가다 멈칫하면서, 제자리에 붙박은 어눌한 세월을 함께 나누며 살아갈 때, 아 그때, 바람이 스스스 쓸어가고 있었다

편하다는 것

늙는다는 게 맘이 편해진다는 것인가

귀가 어두워지니
남의 말에 맘 상하지 않고
발이 무거워지니
가지 말아야 할 곳은 꺼리게 되고
손이 무거워지니
함부로 무엇이든 붙잡지 않아 맘이 편하고
기억이 가물가물해지니
맘이 외려 가벼워져 편하고 편하다
그중 편한 것은
옆에 있는 것도 잘 안 보이니
죽음이 옆에 있어도 맘이 편하다는 거

주전자

어느 지친 손이 바람벽에 주전자를 걸어놓았나, 큰 입으로 담아내어 작은 주둥이로 조금씩 자신을 덜어내던 몸, 찌그러진 채 매달려 있다, 물이거나 막걸리 그도 아니면 남편을 등목해 주려 시원한 물을 담기도 했으리라, 혹은 어느 누군가의 술 장단에 기꺼이 몸을 내어주며 찌그러졌을지도, 망나니 자식에게 화풀이하느라 내동댕이쳐졌을지도 모를 그런 몸이다

담아 놓기만 하면 속이 썩기에, 부단히 뱉어내기만 하던 둥근 둠벙 같은 몸, 제 영혼을 담고 있을 만큼이면 족하네, 밤톨만 한 사랑이라도 족하네, 도라지꽃을 보고 눈길 오래 두고 있을 여유면 족하네, 그 찌그러진 몸에 숨어 있는 사연, 읽어낼 지혜의 손길 만나면 족하네, 그런 욕심마저 버리고 떨어져 뒹군다 해도, 좋은 몸이다

신발을 신으며

몸을 밀어 넣어 길 위에 길게 늘여 본다

지평선에 닿을 만큼 늘린다

밀가루 반죽이 국수틀을 지나자 가늘게 늘려지듯

끝내는 지평선에 박혀 허공 속을 오르듯

몸을 늘려내는 저 빙의憑依

몸짓

아이의 손에 콩이 몇 개 있다
붉은눈이새가 날아와 먹이를 물어간다
작은 주둥이로 얼마나 물어갈까 하는데
먹이 하나 먹으려 애쓰는 수고로운 날갯짓이 보인다

저토록 버릴 것 없는 공기조차 밀어내며
자신을 가볍게 공중에 내려놓는 몸짓이란!

相

이놈을 파자破字하여 살펴볼작시면 나무木에 눈目이라
나무를 자세히 살펴본다는 뜻인데

나무가 가지에 눈을 틔우더니
오히려 내 눈길이 궁금한지 나를 바라보네

본다는 것은 존재에 대한 치열한 아니 치졸한 관음증

작은 잎눈과 꽃눈이 만드는 울림에 나무가 떨고 있다
그 떨림에 둥글게 파장을 만들어내는 내 눈

홀로 그리는 초상화

여치도 두 번 이상 뛰지 않는 이 섬에선

탱자나무 울타리에 찔린 달빛이 몸을 비튼다

울다 울다 제 몸 비틀어 짜내던 바람에

하릴없이 날리는 비닐봉지

신문지 밑으로 보이는 노숙자의 낡은 구두

햇살조차 제 몸 하나 구겨 넣을 공간이 없는 궁핍 속에

애꾸눈의 저 사내는 비듬처럼

어깨에서 떨어지는 조각구름만 바라보다

밤새 등을 쓸어주던 구들장을 떠밀고

등지느러미 곧추세워 놓고 바다로 간다

상처 입은 갈매기 발걸음으로 문장文章을 쓴다

해초 같은 침묵은 등대를 휘감는데

세상은 태평스럽다

그것은

소가 풀을 뜯으며 붉은 살 속에 풀냄새와 땅의 열기까지 겹겹이 담아내듯

고등어가 온몸의 살결마다 바다의 물결과 색깔마저 차곡 차곡 채워 넣듯

나무가 몸속에 저를 키워낸 산의 바람, 계곡물, 구름의 그림자, 심지어 산기슭의 불균형까지 받아들여 등고선을 그려내듯

나는 삶의 문양을 몸속에 얼마나 담아내었는지 혹 있다 면, 그것은?

동전 한 닢

눈부신 상하이, 지하철 1호선 종점인 신주앙莘庄
역전 계단 아래 눈먼 사내는 얼후를 끌어안고
폐肺가 꺼지는 소리를 내고 있다
잠자리가 마른 풀 위에 앉아 흔들리듯
메마른 엉덩이를 쌀부대에 얹어놓고
허공을 잘라내며 두 손을 바지런히 움직인다
팽팽히 당겨진 두 줄 위에서
메마른 가지에 불길이 튀듯 통통痛痛 부어오르는
소리는 장사꾼들의 외침 속에 묻히고 만다
얼후는 아프지 않은 듯 몸을 뒤척이고
양은그릇에 홀로 남아 있는 동전 한 닢은
그저 조용히 듣고 있을 뿐
사람들은 흘러가고 지하철은 달리고 있다

업경대 業鏡臺

　모질게 끌면서 신고 온 신발이었다. 많은 부분이 헤어지고 구멍이 난 체 끌려왔다, 서러워하지는 않는 표정의, 오히려 무표정한 신발이었다. 아我와 피아彼我의 투쟁이었다. 선과 악, 행복과 불행을 구분할 여유도 없이 서로 섞여져, 새끼 길게 꽈 지붕을 이듯, 날줄과 씨줄로 진행되었던 시간, 끌며 지나온 길 위에, 신발 밑에서, 꿈이 무너지며 다친 수많은 생명을 생각해야 하리라. 내 주위의 인간만 어디 생명이랴

　겨우 한 켤레뿐, 겨우 물 한 잔 마실 사이에 끝나버린 여정 속에서

가위

1. 다리

아주 날카로운 다리가 둘이다. 한쪽만으로는 아무 일도 할 수 없는 업보를 타고난 두 다리, 날카로운 이빨로 시간과 공간을 결별시킨다. 저 한심한 저돌성. 시간과 공간이 그렇게 잘려 의식 속에서 사라진다. 버려진 발자국들이 배회하는 이곳, 저 두 다리의 한심한 저돌성에 지쳐가는 의식意識마저 잘리고 비워지기를 원한다

2. 머리

텅 비워놓고, 각진 머리를 깎아 부드럽게 보이게 만든 허위를 보라. 아름답지 않은가, 라고 반문하는 입들에게, 모든 것은 마음으로부터 생기는 것이니, 하는 공허한 설득은 이 텅 빈 원형 속에서 빛을 잃고 만다. 아득하기만 하다

3. 허리

하늘과 땅을 이어주는 아지랑이 같은, 그림자처럼 살아 움직이던, 아, 어머니 그리고 아버지, 숨 쉴 때마다 넘나들던 아랫배 같은 묵직한 상처, 아, 어머니 또 그립습니다. 날카롭던 시절은 지나고 텅 빈 공간을 건너 결국 만나야 하는, 아, 어머니 다시 그립습니다

가난한 떨림이

가난한 떨림이 잎새를 살짝 밀어낸다

살갗에 돋아나는 그림자

빗줄기 놀라 움찔 가늘어지니

풍경風磬이 조용히 파장波長을 내려놓는다

삶은 링거액처럼

링거병에서 떨어지는 액체가 혈관을 타고 도는 바로
그 속도만큼 삶도 무료하게 변해간다

한 방울 한 방울 끊어질 듯 이어지며 육신의 공간을
이리저리 여행하는 액체 닮은 삶이 심심한 듯
간지럽다

낯선 곳도 끝까지 가려는 시간의 관성에 이끌려
삶도 링거병에서 유유자적 떨어져 내려오는 것일까

포옹

유목민의 삶이 아름답게 느껴진 건

옮겨 다니기 때문이다

뿌리가 없어도 꽃 피우는, 움직이는 나무

게르 너머 초원이 아득해지면 숨결도 아늑해진다

필요한 만큼만의 욕망이 작동하는 곳

그래서 포옹만 남아 있는 곳

초원이라 비밀이 없다

바람을 담아 다니는 집

하늘이 말처럼 뒤따라오는 집

침대와 부엌과 불상佛像이 함께

온 마을이 들어 있는

삶과 이웃을 둥글게 껴안는 어깨

주인과 길손이, 구름과 별과 바람이 서로 얼싸안는 몸

온통 우주를 껴안고 있다

물고기의 부레처럼

나뭇잎과 나뭇잎 사이에서
모래와 모래 사이에서
돌과 돌 사이에서
하늘과 구름 사이에서
비와 바람 사이에서

어긋남과 맞물림 사이에서
영원과 찰나 사이에서
어리석음과 똑똑함 사이에서

균형과 조화를 유지하는
어느 물고기의 부레처럼

| 강연옥 |

제주시 출생.
2004년 시집 『새는 발바닥으로 앉는다』로 작품활동을 시작했으며,
시집으로 『젖고 마르고 또 젖는』과 『물마디꽃』이 있다.
제주대학교 교육대학원 국어교육과 석사.
한국시인협회 회원.

| 오한욱 |

충북 옥천 출생.
1995년 시집 『사랑하는 이에게』로 작품활동을 시작했으며,
시집 『어느 사랑 이야기』와 『바람처럼 그저 옆에』가 있다.
충남대, 미국 스티븐오스틴 주립대, 텍사스 A&M 대학원에서 영문학을 전공했다.
제주관광대학 교수 역임.
한국시인협회 회원.

아낌없는 하루 ⓒ 강연옥 오한욱 2017

초판 인쇄 · 2017년 6월 15일
초판 발행 · 2017년 6월 20일

지은이 · 강연옥 오한욱
펴낸이 · 이선희
펴낸곳 · 한국문연

서울 서대문구 증가로 31길 39, 202호
출판등록 1988년 3월 3일 제3-188호
대표전화 302-2717 | 팩스 · 6442-6053
디지털 현대시 www.koreapoem.co.kr
이메일 koreapoem@hanmail.net

ISBN 978-89-6104-182-9 03810

값 9,000원

* 잘못된 책은 바꾸어 드립니다.

이 도서의 국립중앙도서관 출판시도서목록(CIP)은 서지정보유통지원시스템 홈페이지(http://seoji.nl.go.kr)
와 국가자료공동목록시스템(http://www.nl.go.kr/kolisnet)에서 이용하실 수 있습니다.
(CIP제어번호: CIP2017012329)